UN JUIF POUR L'EXEMPLE

Romancier, essayiste et poète suisse, Jacques Chessex est né en 1934 et décédé en 2009. Il a obtenu le prix Goncourt en 1973 pour *L'Ogre*, le Grand Prix Jean Giono pour l'ensemble de son œuvre en 2007 et le Prix Sade en 2010 pour son dernier roman, *Le Dernier Crâne de M. de Sade*.

JACQUES CHESSEX

Un Juif
pour l'exemple

ROMAN

GRASSET

ISBN : 978-2-253-12961-5 – 1re publication LGF

Je suis l'homme qui a connu la douleur et que le Seigneur a frappé dans son courroux. Dieu m'a entraîné, il m'a fait marcher dans les ténèbres. Et non dans la lumière. C'est sur moi seul qu'il lève la main et c'est sur moi qu'il frappe tous les jours.

LAMENTATIONS

3,1-3

I

Quand cette histoire commence, en avril 1942, dans une Europe jetée à feu et à sang par la guerre d'Adolf Hitler, Payerne est un gros bourg vaudois travaillé de sombres influences à l'extrémité de la plaine de la Broye, près de la frontière de Fribourg. La ville a été la capitale de la reine Berthe, veuve de Rodolphe II, roi de Bourgogne, qui l'a dotée d'une abbatiale dès le dixième siècle. Rurale, cossue, la cité bourgeoise veut ignorer la chute récente de ses industries et les gens qu'elle a réduits à la misère, cinq cents chômeurs qui la hantent sur les cinq mille habitants de souche.

Le commerce du bétail et du tabac fait la richesse apparente de la ville. Et surtout la charcuterie. Le cochon sous toutes ses formes, lard, jambon, pied, jarret, saucisson, saucisse au chou et au foie, tête marbrée, côtelettes fumées, terrine, oreille, atriaux, l'emblème du porc couronne le bourg et lui donne son aspect débonnaire et satisfait. Dans l'ironie des campagnes, on appelle les Payernois les « cochons rouges ». Cependant les courants opaques circulent et se cachent sous la certitude et le commerce. Teint rose et cramoisi, terres grasses, mais menaces dans la cloison.

C'est loin, la guerre, pense-t-on communément à Payerne. C'est pour les autres. Et de toute façon l'armée suisse nous garantit de son dispositif invincible. Infanterie helvétique d'élite, artillerie puissante, aviation aussi performante que celle des Allemands et surtout, un dispositif anti-aérien décisif avec le 20 millimètres Oerlikon et le canon de 7.5. Sur tout le territoire accidenté les barrages, les fortins surarmés, les toblerones, et si ça se gâte, ultime défense, l'imprenable « réduit national » dans les montagnes du Vieux-Pays. Bien malin celui qui nous prendra en défaut.

Et dès le soir, l'obscurcissement. Rideaux clos, volets fermés, toutes sources de lumière éteintes. Mais qui obscurcit quoi ? Qui cache quoi ? Payerne respire et transpire dans le lard, le tabac, le lait, la viande des troupeaux, l'argent de la Banque Cantonale et le vin de la commune qu'on va chercher à Lutry sur les bords du lointain Léman, comme au temps des moines de l'abbatiale. Le vin qui soûle solairement, depuis bientôt un millénaire, une capitale confite dans la vanité et le saindoux.

10

Au printemps où commence cette histoire les lieux sont beaux, d'une intensité presque surnaturelle qui tranche sur les lâchetés du bourg. Campagnes perdues, forêts vaporeuses à l'odeur de bête froide à l'aube, vallons giboyeux déjà pleins de brume, harpes des grands chênes à la brise tiède. A l'est les collines enserrent les dernières maisons, les vallonnements s'allongent dans la lumière verte et dans les plantations à perte de vue le tabac commence à monter au vent de la plaine.

Et les bois de hêtres, bocages aérés, bosquets de pins, haies profondes, taillis clairs qui couronnent les collines de Grandcour. Mais le mal rôde. Un lourd poison s'insinue. O Allemagne, Reich de l'infâme Hitler. O Niebelungen, Wotan, Walkyries, Siegfried étincelant et buté, je me demande quelle fureur instille ces fantômes vindicatifs de la Forêt-Noire dans la douce sylve de Payerne. Rêve dévoyé d'absurdes chevaliers teutoniques qui assomme l'air de la Broye, un matin du printemps 1942, où Dieu et une bande d'autochtones fous se sont fait berner, une fois de plus, par Satan en chemise brune.

II

En 1939, à la déclaration de guerre, une partie des cinq cents chômeurs de Payerne est mobilisée dans l'armée fédérale. Les deux cents «inaptes au service» traînent leur misère dans les cafés, survivant de combines et de coups de main. La crise des années trente dure et tue. L'économie locale va mal. La Banque de Payerne fait faillite. Plusieurs usines et ateliers mécaniques disparaissent, puis une importante briqueterie, plusieurs moulins, la Distillerie agricole et la Grande Condenserie qui employaient plus de cent cinquante ouvriers et ouvrières. Des gens patibulaires se mettent à rôder par routes et chemins, anneau de cuivre à l'oreille, mouchoir noir au maigre cou. Des mendiants sonnent aux portes. Les cafés sont pleins de râleurs. Mécontentement, pauvreté, viols, ivrognerie, accusations opiniâtres.

La faute ? Les gros. Les nantis. Les Juifs et les francs-maçons. Ils savent assez se sucrer, surtout les Juifs, quand on ferme les usines. Il n'y a qu'à les voir prospérer, les Juifs, avec leurs bagnoles, leurs fourrures, leurs commerces à tentacules, et nous les Suisses, on crève de faim. Et le comble c'est qu'on est chez nous. Les Juifs et les francs-maçons. Pieuvres et suceurs du vrai sang.

A Payerne il y a plusieurs familles juives. L'une d'elles, d'origine alsacienne, les Bladt, possède les Galeries Vaudoises, magasin précurseur des mono-prix : articles de Paris, ménage, jouets, mode, vête-ments de travail, à la Grand-Rue, en pleine ville, le seul commerce polyvalent loin à la ronde. Plusieurs étages, une vingtaine d'employés. Son succès et l'entregent de Jean Bladt, propriétaire et directeur des Galeries, attisent l'envie, puis la colère des petits commerces payernois. Encore un Juif qui nous nargue. Regardez ce qu'ils ont fait ailleurs.

Ailleurs, ailleurs, c'est l'Allemagne où la per-sécution des Juifs donne des idées, sans que per-sonne ne l'avoue, – on vit ici dans l'implicite, le ricanement, l'insinué, – aux gros lards mangeurs de cochon et protestants.

La vermine juive. Le cancrelat juif. Le Juif qui ruse, qui pousse ses tentacules dans toute notre économie, qui s'insinue en politique, même au barreau, même dans l'armée. Regardez notre cavalerie où la juiverie prospère.

Avenches, à une douzaine de kilomètres en direction de Berne, s'est dotée d'une synagogue au siècle passé. C'est que la communauté y est plus active et installée qu'à Payerne. Haras et commerce des chevaux. Mais la synagogue va être fermée et de louches rumeurs courent par la vieille campagne romaine, – la ville est une ancienne capitale de l'empereur Marc Aurèle. *La Nation*, organe de la Ligue Vaudoise, dénonce les Juifs d'Avenches et de Donatyre, village proche, où la présence d'une famille juive excite les rédacteurs du journal d'extrême droite. Qui devrait légitimement élever et vendre des chevaux, dont notre armée a si grand besoin par ces temps de guerre ? Qui devrait en tirer profit, au lieu de ces youpins qui sucent le sang, la moelle locale ?

On ne risque pas grand-chose à désigner le vampire juif. A Lausanne, dès 1932, un collectif d'avocats emmenés par la Ligue Vaudoise de Marcel Regamey a tenté de faire interdire le barreau aux Juifs. Exigence étendue à toute profession libérale et aux grades supérieurs dans l'armée. Depuis plusieurs années aussi complote et s'excite le pasteur Philippe Lugrin, récemment encore titulaire de la paroisse de Combremont, un antisémite forcené membre de la Ligue Vaudoise, puis du Front, puis de l'Union nationale, qui a choisi le territoire de la Broye pour s'infiltrer parmi les chômeurs, les petits paysans ruinés et les ouvriers menacés de perdre leur emploi. Dans les arrière-salles des cafés de Payerne et de la campagne environnante, ce personnage tient des meetings violemment fondés sur la haine du Juif et de « l'Internationale youpine ».

Le pasteur Lugrin vient d'être privé de son poste paroissial, pas tant pour ses idées, qui ne paraissent nullement gêner l'Eglise, que parce qu'il a divorcé de la fille d'un puissant notable lausannois. Cependant la Légation d'Allemagne veille et le paie dans l'ombre. Car Philippe Lugrin est habile, ardemment froid et organisé. Listes de Juifs vaudois et suisses, listes de leurs commerces et activités, listes de leurs affidés et commanditaires, listes de leurs adresses, numéros de téléphone et plaques de voiture, Lugrin aiguise, dénonce, caricature, et appelle un exemple fort. Familier de la Légation nazie à Berne, soutenu par elle financièrement et logistiquement, cet étrange homme de Dieu mêle dans ses diatribes la recension des faillites récentes d'honnêtes industries autochtones et la Thora, des rapports de police et de registre du commerce, les *Protocoles des sages de Sion*, la mythologie de la vieille Europe et les thèses d'Alfred Rosenberg, la fascination du Dr Josef Goebbels et par-dessus tout *Mein Kampf.* Un exemple, réclame-t-il encore. Vengeance. Parasites. Mort aux rats !

L'assistance comprend qu'il faut faire place nette et se débarrasser sans plus tarder d'une engeance responsable de ses humiliations. Cris et applaudissements. *Deutschland über alles ! Die Fahne hoch !* L'enregistrement de l'hymne nazi, apporté dans sa petite valise par Lugrin, grésille et tonitrue sur le gramophone du bistrot. Cette nuit, derrière les frontières fermées, l'Europe est au pouvoir de Hitler. Stalingrad est encore loin. Ici, dans la paisible plaine de la Broye, au Café de la Croix-Blanche, au Cerf, au Winkelried, chaque réunion du pasteur Lugrin se termine par le claquement des talons et le salut au bras tendu. Mort aux Juifs. Heil Hitler ! Que ton règne vienne pour mille ans, ô Führer, sur ton Europe ressuscitée !

III

A Payerne, les discours du pasteur hitlérien ont trouvé leur terreau fertile. A multiplier les meetings, à agiter les rancœurs et les frustrations de la crise, le tentateur Philippe Lugrin voit ses efforts couronnés de succès. Dans les arrière-salles où nous l'avons vu agir et souvent la nuit dans des hangars désaffectés, une briqueterie abandonnée, parfois dans une clairière de la forêt des Invuardes, à la lumière des torches ou des phares de motocyclettes bricolées, la silhouette maigre de l'ecclésiastique, ses gestes secs, sa tête aux cheveux collés, ses petites lunettes à la Himmler, sa parole aussi, froidement projetée mais qu'on sent brûlante de conviction sous la glace, ont galvanisé son public de chômeurs, d'aigris, de paysans déçus, d'appauvris, de gueulards impuissants et convulsifs maintenant prêts à en découdre avec le chancre juif, la pieuvre, le

19

complot international qui mine nos commerces, occupe nos banques, ronge notre intégrité en s'alliant avec Moscou, New York, Londres, pour nous asphyxier au jour le jour.

Dans ces campagnes reculées la détestation du Juif a un goût de terre âcrement remâchée, fouillée, rabâchée avec le sang luisant des porcs, les cimetières perdus où parlent encore les os des morts, les héritages détournés ou bâclés, les suicides, les faillites, la solitude cent fois humiliée des corps acides et sur leur faim. Le cœur et le sexe ont saigné dans la terre noire des ancêtres, lourd brouet, mêlant leurs humeurs opaques au sang des hordes de cochons et de bestiaux à cornes dans l'opacité du sol. L'esprit, ou ce qui en reste, s'est irrité d'épaisses jalousies ataviques et politiques, cherchant le coupable à tant d'injustice et de mal-être, le trouvant dans le Juif si différent de nous avec son gros nez, son teint bistre, ses cheveux frisés sur son gros crâne. Juif à compte en banque et à bedaine, ce n'est pas pour nous surprendre. Juif avec sa circoncision. Juif qui ne mange pas comme nous. Juif engraissé à nous voler avec ses banques, ses prêts sur gages, ses trafics de bœufs et de chevaux qu'il revend à notre armée. Notre armée !

Confusion héréditaire du sang des bêtes et des carcasses humaines vissées à leur destin rural qui se défont dans la terre des cimetières oubliés. Destins prostrés, morts qui n'ont jamais quitté ces campagnes à perte de vue, enfermement, abêtissement, rumination, on m'exploite, on me dépouille : mots de haine.

Il est étrange que ces propos soient ressassés dans la transparence des collines qu'allège le premier printemps avec sa lumière d'idylle. Au pied de l'abbatiale en calcaire jaune, la vie de la ville va son train comme si rien, aucune menace, aucun danger, ne fissurait l'air et l'âme. Au marché de Payerne, chaque semaine, sur la petite place où sursaute le vent de la plaine, il y a les corbeilles de légumes d'hiver, de pommes reinettes et de petits fruits séchés, malgré le « rationnement » les paniers d'œufs, les fromages épais et ronds, la crème des étables, le miel de forêt et de prairie, les bouteilles de raisiné et d'huile de noix. Le tréteau du coutelier, les abondances des bouchers et des charcutiers s'abritent du petit soleil printanier sous des toiles orangées et des bâches où la lumière filtrée fait luire la magnifique viande. Encore la viande. Avertissement qui viendrait d'où ? Comme si la terre trop grasse des campagnes avoisinantes aboutissait fatalement à ces pièces sanguinolentes, aloyaux, côtes, foies rouge sombre que nimbe une sueur violette. Tandis qu'à l'étal voisin des têtes sculpturales de cochons sourient dans des plats blancs, on pense aux chapiteaux de l'église à côté, qu'avait voulue il y a dix siècles une sainte reine pour la sérénité et la constance de ses sujets.

IV

A Payerne, au garage des frères Ischi en face de l'Hôtel de Ville et du mystérieux et rafraîchissant parc aux biches, le plus jeune des frères, Fernand Ischi, est inscrit depuis plusieurs années au Mouvement National Suisse. Le nommé Fernand a trouvé en Georges Oltramare, à Genève, un leader d'extrême droite tonitruant, grand séducteur, habile tacticien, orateur sans scrupules, provocateur et fauteur de troubles. Oltramare a une stratégie obsessionnelle : la victoire de l'Allemagne nazie, donc l'extermination des Juifs suisses. A Genève Fernand Ischi, ouvrier non qualifié au garage familial, réparateur épisodique de bicyclettes et de motos, crève-la-faim exilé de sa ville natale, a suivi le chef nazi Georges Oltramare dans ses meetings et en est revenu envoûté[1].

---

1. Par la suite, expatrié en France occupée entre 1941 et 1944, Georges Oltramare fut speaker et animateur à Radio-

Oltramare l'adoube, le flatte et le met en relation avec le pasteur Philippe Lugrin. Il y a dès lors de très nombreuses et fébriles rencontres entre le théologien dévoyé et l'apprenti gauleiter.

– Gauleiter, dites-vous. Vous n'allez pas un peu vite ?

– Dès l'âge de seize ans, au sortir de l'école où il est un élève moyen, exclusivement captivé par les leçons de gymnastique, Fernand Ischi est fasciné par l'Allemagne, la prise du pouvoir par Hitler, la montée du nazisme et ses violences. En 1936, lors des Jeux olympiques de Berlin, il voit sur les écrans genevois les films de Leni Riefenstahl et se passionne pour l'idéal dur et clair de la propagande. Beauté des corps aryens, étendards, nudité, blondeur, fanfares de trompes gothiques, regards bleus fixés haut dans le regard extatique du Chef… Fernand Ischi se crispe de désir et de solitude. Etroitesse de sa ville natale. Rareté de ses proies. Gymnaste vigoureux lui-même et adepte du culturisme, Ischi surentraîne sa musculature et défie ses propres forces dans des exercices de plus en plus contraignants. De taille médiocre, « mais c'est exactement la taille d'Adolf Hitler », répète-t-il à qui veut l'entendre, le front déjà dégarni à trente ans mais le torse cambré, l'épaule large, les

---

Paris contrôlée par les nazis. Il y tenait chronique sous le nom de Dieudonné.

biceps bien marqués sous la chemise brune, il porte beau et cultive, quoique marié et père d'un garçon et de trois filles, une réputation de don Juan qui compense son échec social. Pour l'heure étroitement lié avec l'espionne Catherine Joye, membre du Mouvement National et agitatrice, dont le mari Marcel Joye couvre les agissements et le dévergondage enthousiaste, Fernand Ischi est l'amant d'une ravageuse d'hommes, la serveuse bien renseignée et bon agent de liaison du Café Winkelried, à Payerne, sans doute aussi celui de sa jeune amie Annah, dix-sept ans, qu'il pliera bientôt à ses fantasmes jusqu'à la plus basse soumission. Aux membres de son parti inquiets, et peut-être envieux de ces débordements, Fernand Ischi répète avec un sourire avantageux le précepte d'Adolf Hitler : « Il n'y a rien de plus beau que de former une jeune fille. »

Fernand Ischi, avec une vingtaine de Payernois, a prêté serment au Parti nazi. Il est vantard et fat. Mais rusé, pratique, bien renseigné lui-même, dévoré de haine, de volonté de revanche et de puissance. Il déteste les Juifs mais il hait aussi et méprise les bourgeois de Payerne qui l'ont vu en difficulté scolaire et infériorisé, au garage, par l'autorité de ses frères. Très jeune déjà, à sa sortie de l'école, il porte toujours une arme sur lui, un Walther 7.65, il l'exhibe pour faire le malin. Et intimider. Menacer. Dans une cave de la ville où il descend boire, Ischi tire sur la fille en tenue de bain d'une réclame de vermouth. Il a visé les seins et le sexe. Un autre soir, après un meeting du pasteur Lugrin, il emmène Georges Ballotte, dix-neuf ans, l'apprenti mécanicien du garage, sur le siège arrière de sa moto, les deux compères armés roulent à toute vitesse en direction de La Provençale, la villa Bladt, route de Corcelles, Fernand Ischi tire plusieurs coups de feu contre les fenêtres et les parois de la trop belle demeure. Réveillé en hâte, Jean Bladt tente d'alerter la police : personne, le poste est vide. Et le lendemain à l'aube : « C'était sûrement le vent », dit le policier de service. « Ou un chat. Un hibou. Ou une hallucination. C'est bien cela. Vous avez dû rêver. On ne voit pas qui pourrait s'amuser à tirer au pistolet contre votre maison à passé deux heures du matin… »

Avec ses fréquentes maîtresses, Ischi ne dédaigne pas les jeux rituels de soumission. L'une d'elles raconte qu'il la fouette, entrouverte, avec un ceinturon de la Waffen SS. D'ailleurs il prend la pose, claque des talons, répète mille fois dans le miroir le salut au bras levé. Puis il se fait photographier en uniforme nazi par le photographe Juriens.

« On ne voit pas… » a dit le gendarme responsable du poste à l'aube. Mais oui, on voit. On se couperait la langue, on se crèverait les yeux et les oreilles plutôt que de reconnaître que l'on sait ce qui se trame au garage. Et dans les arrière-salles de certains cafés. Et dans les bois. Et chez le pasteur Lugrin. Et les menées, complots, réseaux, de la Légation d'Allemagne à Berne, qui inspire et soutient les nazis helvétiques, à commencer par Oltramare, à Genève, et Lugrin dans le Pays de Vaud. Et les agissements du MNS, le puissant et vindicatif Mouvement National Suisse, dont Ischi a ranimé la cellule payernoise qu'il dirige d'une poigne de gauleiter bientôt au pouvoir.

Après ces exploits sur une réclame et contre la villa Bladt, Fernand Ischi et Georges Ballotte, son apprenti, rédigent des menaces anonymes qu'ils envoient aux familles juives de la région lausannoise et de la Broye. Puis, sur l'ordre de Lugrin, ils préparent deux attentats contre les synagogues de Lausanne et de Vevey. « On va le foutre en l'air, le tabernacle ! » ricane le sinistre pasteur en se lissant le front à deux mains, geste chez lui de sereine satisfaction. Les attentats n'auront pas lieu, faute de temps, de complicité sur place. A Vevey, à Lausanne surtout, la communauté juive est plus dense et organisée qu'à Payerne. Quoi qu'il en soit les courriers anonymes, intimidations, menaces téléphoniques, projets de dynamitage et d'incendie, toutes ces activités seront toujours commandées et surveillées par le pasteur

Lugrin, qui ne cessera de fournir listes et plans aux conjurés de Payerne.

Pour se détendre bien au calme de ses responsabilités, très souvent, en pleine nuit, Fernand Ischi réveille la jeune Annah, qu'il terrorise en lui infligeant des mises en scène cruelles.

– A genoux, Annah. On va faire comme si tu étais juive.

A genoux, Annah. Tu es juive, Annah.

– Vous êtes complètement fou, dit Annah.

Elle est nue. Elle obéit en tremblant.

Le ceinturon siffle, entame le dos et les cuisses de la jeune fille. Le sang jaillit. A genoux lui aussi, Ischi lèche le sang qui a coulé, « ton sang de juive, Annah, sang de truie ».

A l'extérieur des frontières closes, très loin, très près, les Panzerdivisionen et la Luftwaffe ont fait sauter toutes les défenses. La Pologne est tombée, la Tchécoslovaquie, la Hongrie, la Roumanie, la Belgique, et la France est occupée, l'Italie alliée, le Japon est entré dans la danse et les Panzer, les noirs et indestructibles Panzer, se lancent maintenant contre Staline. Mort au judéo-bolchevisme. La victoire totale est l'affaire de quelques semaines. Au plus, de quelques mois. A la fin de cette année 1942, l'Europe entière, et la Russie, seront soumises à Hitler. Que le règne commence. Et qu'ici même, à Payerne, soient établies les premières marches du règne helvétique nazi, règne

28

dans le règne, dont le gauleiter Ischi, avec son parti de braves, sera le chef purificateur.

Sept heures du soir, lundi 6 avril 1942. Le soleil descend dans l'air du printemps acide et léger. Ischi a pris la moto, il a roulé en direction des collines qui dominent Payerne à l'est, il a fait halte au hameau de Trey. Maintenant il regarde la plaine immense dans la lumière diffuse. A quoi pense-t-il, Fernand Ischi, en ce moment mélancolique du printemps devant l'espace baigné de brume et les collines qui moutonnent jusqu'à l'horizon de Surpierre, aux crêtes des forêts de Lucens. Est-il secoué au fond de son cœur par le souvenir des siens, gens de bonté, gens aimants, auxquels il va infliger la plus grande douleur de leur vie en commettant son forfait ? Tant d'amis lui ont déjà tourné le dos. Tant de fois sa femme angoissée l'a supplié de renoncer à son projet. Et ses enfants… Tout leur avenir. Mais à ce mot d'avenir il y a un sursaut dans son corps et Ischi se cabre, se reprend, se reproche aussitôt cet instant de faiblesse. L'avenir c'est la victoire allemande. L'avenir c'est la Province du Nord dont il sera le chef, le préfet, le gauleiter incontesté et efficace. L'avenir c'est Adolf Hitler et le triomphe de l'Ordre nouveau sur une Europe débarrassée de ses vers de terre et réunifiée en Grand Reich. Alors que faire de ces petites collines, de ces petites fumées du soir bientôt dispersées aux confins ? Il chasse d'un geste ces vieilles rêveries comme ces fumées, remonte sur sa moto, héros dur, et va rejoindre la jeune Annah aux fesses zébrées de coups de ceinturon dans l'appartement d'une seule pièce, rue des Granges, que lui prête la serveuse du Winkelried.

V

En 1942, il y a plusieurs familles juives à Payerne, dont les Bladt, les Gunzburger, marchands de tissus et de vêtements de travail, et les Fernand Bloch, qui ont accueilli chez eux leurs parents alsaciens. Mme Bloch subit les propos ironiques et menaçants du responsable du greffe municipal chaque fois qu'il faut renouveler leur permis de séjour. Très souvent, l'enfant Bloch est injurié et molesté en rentrant de l'école. On lui jette des cailloux, on le frappe à coups de branches d'arbre. « Sale youpin », crient des gamins que leurs parents relaient par des ricanements et des coups. Affolé le jeune Bloch se terre chez lui, refusant de retourner en classe.

Cependant le pasteur Lugrin va convaincre Ischi et ses nazis de passer à l'acte. Tout est en place pour l'exemple que la bande doit donner à la Suisse et aux Juifs parasites de son territoire. Donc sans tarder choisir un Juif bien représentatif, bien coupable de crasseuse juiverie, et le liquider avec éclat. Avertissement et menace. On va nettoyer. Epurer. Ainsi hâter la solution définitive. Sieg heil !

Manque la victime. Un des youpins de Payerne ? Jean Bladt est en tête de liste. De toute façon, comme à chacun de ces parasites, son tour viendra. Et le plus tôt sera le mieux. Avenches ? Ce serait moins retentissant qu'à Payerne où il s'agit de frapper fort, puisque c'est ici que doit s'installer le nouveau gouvernement. A la fin le sinistre choix est porté sur un marchand de bétail juif et bernois, le pratiquant et cossu Arthur Bloch, bien connu des paysans et des bouchers de toute la région, ce qui fait de lui une victime très évidente et exemplaire. La prochaine foire au bétail a lieu à Payerne le jeudi 16 avril. Arthur Bloch y sera. C'est là qu'il faut agir. C'est ce jour-là qu'éclatera l'exemple.

L'idée vient des frères Marmier, et de leur domestique Fritz Joss. Mais qui sont les frères Marmier ? Au garage, autour du gauleiter Fernand, s'est rapidement constitué un groupe louche que sont venus rejoindre deux paysans ruinés, les frères Max et Robert Marmier, et leur solide valet Fritz Joss, un Bernois taciturne et athlétique qui suit aveuglément ses maîtres. Fritz Joss est le parfait homme de main, dur à la tâche, increvable. Les frères Marmier ont mal conduit leur exploitation. Ferment de vengeance. Ils se sont reconvertis en charretiers, proposant d'assurer le ravitaillement entre les fermes, les marchés et la caserne de l'aéroport militaire de récente construction, à cinq kilomètres de la ville en direction de Grandcour. Depuis deux ou trois ans les affaires marchent moins mal mais les Marmier ne se guérissent pas d'avoir perdu fermes et champs. Ils viennent néanmoins de racheter un petit rural en plein Payerne, dans la vieille Rue-à-Thomas, nous allons voir que ce local très modeste va connaître tout à coup une sordide importance dans cette histoire. Une histoire sur laquelle souffle d'une haleine empoisonnée le pasteur Philippe Lugrin, l'âme damnée du Mouvement, c'est lui qui ne cesse d'ajouter de nouveaux noms à la liste des Juifs à terroriser, lui qui convoque régulièrement Fernand Ischi à son bureau de Prilly pour lui dicter les ordres du MNS, c'est lui, trois longues soirées chaque semaine, qui harangue et endoctrine les membres et sympathisants de Payerne et des environs, lui encore qui fait le lien avec la Légation d'Allemagne.

Le samedi 4 avril, il a convoqué Fernand Ischi à Prilly. «C'est le moment», lui a dit Lugrin. «On ne peut attendre davantage. Heil Hitler!»

Exalté, comme à chacun de ses passages à Prilly, Fernand Ischi regarde aux murs les trophées nazis, les décorations, le grand portrait de Hitler en uniforme brun, croix de fer à la poitrine et brassard du Parti. A la paroi, et sur les rayons de la bibliothèque il détaille les photographies du théoricien Rosenberg, de Himmler, d'Albert Speer, du Dr Josef Goebbels et de l'invincible Riefenstahl. Pour le charmer, le pasteur l'a fait asseoir en face de lui, dans son bureau qu'ombrage un tilleul aux fraîches feuilles, il lui tend un paquet de Laurens rouge, les cigarettes qu'Ischi préfère, puis il ouvre une bouteille de vin du Rhin offerte par la Légation d'Allemagne. Lugrin approuve le choix d'Arthur Bloch. Il se lisse le front des deux mains aux longs doigts fins, sourit à Ischi qui s'effare. « Bon plan », dit-il en flatteur. « Fine stratégie. Arthur Bloch est connu de tout Payerne. Comme le loup blanc. Ha-ha-ha. Et bientôt comme son cher bouc émissaire ! »

Fernand Ischi est rentré de Prilly très exalté et ivre d'orgueil. Enfin la preuve qu'on attend de lui. Un Juif pour l'exemple. L'adoubement. Maintenant ce sera clair. A toute la communauté des youpins suisse de comprendre ce qui lui pend au nez. Et puis on peut dire que ça tombe bien. Le 16 avril, on débarrasse Arthur Bloch. Le 20, c'est l'anniversaire d'Adolf Hitler. On peut compter sur la Légation d'Allemagne pour annoncer la bonne nouvelle au Führer ce lundi 20, il se souviendra du cadeau à l'avènement maintenant proche de l'Ordre nouveau.

VI

Arthur Bloch a soixante ans. La bouche large,
lèvres épaisses, joues gonflées, le front haut sous
une chevelure lisse encore noire et luisante par-
tagée à gauche par une raie nette. De taille
moyenne, plutôt gros, toujours vêtu de sombre,
gilet, cravate noire, complet veston haut bou-
tonné, il fait confectionner ses habits par un
tailleur de la capitale, M. Isaac Bronstein, afin de
ménager de nombreuses poches intérieures à
ses vestes et pardessus. Déteste s'encombrer de
serviettes ou de mallettes, serre toujours sur lui,
dans son portefeuille, les grosses coupures néces-
saires à ses achats. Une chaîne de montre sans
breloques barre le ventre.

Sourd de l'oreille gauche, en société Arthur
Bloch penche la tête pour saisir la conversation.
Oreille gauche souvent équipée d'un Sonotone. Il
porte immuablement un chapeau de feutre noir
ou gris très foncé, de volume arrondi, et ne sort

guère sans sa canne de coudrier à la poignée luisante de transpiration, à l'aide de sa canne il a l'habitude de pousser et presser les bêtes au flanc ou à l'arrière-train, pour mieux les examiner lors de ses achats.

Arthur Bloch est né à Aarberg, dans le canton de Berne, en 1882. Seul garçon de la famille, et l'aîné de quatre sœurs. Arthur Bloch a neuf ans à la mort de son père en 1891. Sa mère l'envoie apprendre la langue à l'Institut français de Remiremont, Arthur est pensionnaire à l'internat, puis il fait son école de recrue dans la cavalerie, à Lucerne et à Thoune, déjà les chevaux. En 1914, à la déclaration de guerre, il est mobilisé dans l'armée suisse comme dragon. Il y perd l'usage d'une oreille.

En 1916, à trente-quatre ans, il reprend le commerce de bétail de son oncle Jakob Weil. Les affaires vont bien. En 1917 il épouse Myria Dreyfus, une jeune fille de Zurich, le couple s'installe à Berne, Monbijoustrasse 51, une rue élégante non loin de la gare, où les Bloch sont encore logés en 1942.

Un premier enfant meurt en bas âge. Puis viennent au monde Liliane Désirée, en décembre 1921, et la cadette Eveline Marlise, en mars 1925.

Arthur Bloch est un homme bon, généreux, d'humeur égale. Le rabbin Messinger parlera de son abord paisible. Et Georges Brunschwig, président de la communauté israélite de Berne, rappellera l'attachement d'Arthur Bloch à la Suisse où son père lui-même a été naturalisé suisse et bernois à Radelfingen, près d'Aarberg, en 1872.

Marchand de bétail depuis plus de vingt-cinq ans, Arthur Bloch est familier des foires à bestiaux de la Broye, à ce titre il se rend régulièrement à Oron, à Payerne, – c'est Payerne qu'il préfère, où il connaît personnellement tous les paysans et les bouchers que rassemble l'événement.

Arthur Bloch a coutume de faire à pied le court trajet, rythmé par sa canne de promeneur, entre Monbijoustrasse et la gare. Il monte dans le premier train de la Broye, qui gagne Payerne par Avenches. Il aime ce voyage d'une heure et demie à travers les étendues d'herbe et les vallons encore pleins de brume dans la lumière matinale.

Arrivée gare de Payerne à 6 heures 18. Marronniers en fleur, collines soyeuses, temps allégé d'autant plus beau qu'il est menacé dedans et dehors. Mais Arthur Bloch ne voit pas la menace. Arthur Bloch ne la sent pas.

A la foire on paie rubis sur l'ongle. Pas de complications, pas de papiers. On tape dans la main. Arthur Bloch a le portefeuille lourd des gros billets qu'il va donner pour les vaches et les bœufs au poil rouge qu'il repérera sur la place. Il a l'œil, il est respecté, il paie bien, il vide volontiers le verre de vin blanc qu'on verse à la foire même ou à l'étable, pour conclure le marché et dire la porte ouverte à de nouvelles transactions. Il s'attable aussi dans les cafés où vont boire ses clients, la Vente, la Croix-Blanche, le Cerf, le Lion d'Or, il connaît beaucoup de monde, paie sa tournée, inscrit de nouveaux rendez-vous. Têtes cramoisies, fronts en sueur, grosses mains, fumée des cigares Fivaz et des pipes fribourgeoises, gilets bouclés sur des portefeuilles gonflés de bonnes transactions. Et toutes ces voix à l'accent lourd, exclamations et appels, que le vin de la Belletaz excite et chauffe plusieurs heures.

Puis Arthur Bloch reprend le train de Berne et rentre chez lui avec tranquillité, Monbijoustrasse, où Myria a préparé le repas du soir que le couple consomme sereinement, dans l'obéissance à une Loi qu'Arthur n'enfreint jamais.

VII

Le jeudi 16 avril à l'aube il fait frais, une petite bise souffle sur Payerne. Dès sept heures les paysans ont attaché leurs bêtes, place de la Foire, aux larges barrières de métal qui tintent quand les vaches, les bœufs, les taureaux tirent sur leur licol et leur chaîne. Armés de pelles de fer et de grands balais d'osier, des garçons d'écurie ramassent les bouses et les jettent dans le tombereau arrêté à cet effet au bout de la place, côté gare, le long des rails du chemin de fer, sous les marronniers aux feuilles déjà larges.

Les robes des bovins, les croupes, les naseaux fument dans l'air froid. Les bêtes mugissent et meuglent. D'un wagon rougeâtre on débarque un petit troupeau qui vient grossir le nombre déjà considérable des animaux parqués là. En tout, près de cent soixante têtes, c'est la première foire de l'année, on ne va pas rater ça.

Ce jeudi 16 avril 1942, Arthur Bloch est sur la place de la Foire à huit heures. Débonnaire, il salue ses connaissances, fait la causette avec Thévoz de Missy, Avit Godel de Domdidier, le boucher Bruder, et Bosset, Jules Brasey, et bien sûr Losey de Sévaz. Il s'arrête longuement devant les bêtes d'Emile Chassot, de Villaz-Saint-Pierre, une magnifique paire de bœufs rouges aux cornes blanches, le poil luit, le naseau bleu est humide, les bêtes ont l'encolure nette, la panse large, la cuisse tendue qui annonce la très bonne viande. Vingt-cinq ans de commerce de bétail n'ont pas usé la curiosité d'Arthur Bloch. Il aime voir, tâter, humer, palper encore les bêtes qu'il achète, qu'il revend, parfois qu'il retrouve dans d'autres foires. Du bout de sa canne il presse au flanc l'un des bœufs de Villaz-Saint-Pierre puis tend la main, revient palper la cuisse, flatte doucement la nuque... Arthur Bloch est fiable, ni pressé ni arrogant. Paisible, attentif, il a la lenteur avisée des paysans de la contrée. A force de les côtoyer, sans leur ressembler, il se sent depuis longtemps des leurs, estimé et respecté d'eux.

Ce qu'Arthur Bloch n'a pas vu, trop occupé à examiner et à acheter les bœufs de Godel, de Chassot, de Jules Brasey ou de Losey de Sévaz, c'est que depuis une demi-heure un petit groupe d'hommes silencieux, à vestes de cuir et visages fermés, s'est introduit à pas furtifs dans la foire sans jamais le perdre de vue. D'abord ils se sont tenus à distance, maintenant ils s'approchent et le surveillent.

Ce groupe, c'est la bande du garage. Les nazis du Parti d'Ischi : Ischi lui-même, le chef, l'apprenti Georges Ballotte, les deux Marmier, Max et Robert, et l'athlétique valet Fritz Joss. Mais les conjurés se savent observés et s'inquiètent.

– On est trop visibles, dit Ischi. Trop repérables. Je rentre au garage. Diversion. Toi, Max, tu vas boire un verre pour savoir ce qui se dit dans les cafés. Toi, Robert, avec Ballotte et Fritz, tu ramènes le youpin Rue-à-Thomas et là vous l'expédiez. Je vous rejoindrai avec les ordres.

Restent donc Robert Marmier, l'apprenti, et le valet Fritz Joss. Tout à coup Robert se décide et interpelle Arthur Bloch au moment où celui-ci met la main au portefeuille pour régler le prix de la génisse qu'il achète à Cherbuin d'Avenches.

– Monsieur Bloch, s'il vous plaît…

Mais Arthur Bloch parle à Cherbuin, puis à Brasey, puis à Losey, il se laisse entraîner vers d'autres bêtes, marchande, tâte de sa canne. Le temps passe. Il est neuf heures quarante-cinq. Il commence à faire chaud sur la place de la Foire, les trois conjurés transpirent.

– Cette fois on y va, dit Robert.

On aborde encore Arthur Bloch.

– Bonjour, monsieur Bloch, dit Robert en forçant la voix, il a remarqué le Sonotone, et qu'Arthur Bloch tend l'oreille pour essayer de capter ce qui est dit.

Puis il poursuit très haut :

– Monsieur Bloch, mon frère veut vendre une vache. C'est Rue-à-Thomas, à l'étable, juste à côté.

– Rue-à-Thomas, répète Arthur Bloch sans méfiance.

Simplement il s'étonne que la bête ne soit pas sur la place avec les autres.

– Mon frère n'a pas eu le temps de l'amener. Il était malade, ce matin. Mais la bête est en bonne santé ! Ha-ha-ha. Une belle bête, monsieur Bloch. Saine. Bonne laitière. Et mon frère veut la vendre.

Arthur Bloch est tenté. Il accepte. Voilà les deux hommes partis sous le soleil maintenant très chaud, Ballotte les rejoint, et le valet qui ferme la marche.

VIII

On arrive Rue-à-Thomas. Le bref trajet a été silencieux. Arthur Bloch ne se doute toujours de rien. Est-il fatigué ? Endormi par les bonnes affaires de ce matin ? On peut s'étonner, de la part d'un homme aussi avisé, de son peu de discernement à l'endroit de Robert Marmier, paysan raté et dévoyé, du valet à tête de brute, et surtout du jeune Ballotte, dont l'allure de voyou aurait dû l'inquiéter. Mais il n'y a pas de logique devant la mort. En pénétrant dans l'étable de la Rue-à-Thomas, Arthur Bloch ne sait pas, ne *sent* pas, qu'il va à la pire boucherie.

Il n'y a là que deux vaches, c'est inhabituel pour une entreprise en exploitation. Arthur Bloch ne s'en inquiète pas davantage.

A l'entrée des quatre hommes dans l'étable sombre, une des vaches a tourné la tête dans leur direction, raclant le sol, faisant bouger sa chaîne.

Visiblement ébranlé, Arthur Bloch ne s'attendait pas à découvrir une si belle pièce.

– C'est bien celle-ci, dit Robert Marmier, et il braque sur elle sa lampe torche.

Une bête d'un blond presque roux, l'échine longue, les flancs marqués sur la mamelle tendue au fin duvet. L'odeur pèse tout autour, de rots mouillés, de salive, de lait tendrement sexuel. L'œil de la femelle luit au soleil qui tombe de la vitre, et à la lampe braquée.

Silencieux un long moment, Arthur Bloch tâte le flanc, le ventre blanc, de la main et de la canne.

– Et combien, cette merveille ? dit-il enfin, comme s'il rêvait.

– Deux mille quatre cents, dit Robert.

– Deux mille, coupe Arthur Bloch, qui soudain s'est réveillé.

– Deux mille, deux mille, je ne peux pas…

– Et moi je ne mets pas un franc de plus.

Le marchandage a commencé. Robert Marmier se prend au jeu. Ballotte et Fritz sont furieux de tant de zèle. «On avait décidé de l'assommer tout de suite !» Robert en fait trop. Arthur Bloch, finaud, tenté par la bête à vendre, fait maintenant mine d'abandonner.

– Dommage. Je renonce.

Et il insiste, dépité :

– Je l'ai dit, c'est bien clair. Je ne peux pas mettre un franc de plus.

Il serre la main de Robert, tourne le dos, gagne la sortie.

Georges Ballotte et Fritz Joss hésitent entre la colère et le soulagement des faux durs. Robert, très pâle, s'appuie au mur.

Mais Arthur Bloch est appâté. La vache est bonne, l'affaire jouable. Il marche quelques mètres dans la rue, laisse s'écouler cinq minutes, revient sur ses pas, repasse la porte de l'étable. Il est dix heures trente-cinq. Les trois complices sont effarés.

– Alors cette vache, dit Arthur Bloch. Je fais un effort. Je mets cinquante francs de plus et je l'emmène.

– Deux cents, dit Robert Marmier, pris de panique, comme pour conjurer l'inéluctable.

Arthur Bloch éclate de rire.

– Alors vous voulez me ruiner ! Ah c'est trop cher. Tant pis. Je renonce.

Pour la seconde fois il dit au revoir, enfonce son chapeau, sort à pas lents.

Les complices sont pétrifiés. Ballotte injurie Marmier.

– Tu es devenu fou, ou quoi ?

– Il reviendra, dit Robert. Et cette fois, on le rate pas.

Robert a raison. La porte de l'étable est restée ouverte. Il est presque onze heures dans la violente lumière du dehors quand le pas lourd d'Arthur Bloch se fait entendre Rue-à-Thomas. Pour la troisième fois, à la stupeur des trois hommes, Arthur Bloch est dans l'étable, signant là son arrêt de mort.

A peine Arthur Bloch s'est-il approché, Ballotte pousse dans le dos le valet Fritz terrorisé, qui tient dans son poing droit une lourde barre de fer.

— Assomme-le, crache Ballotte.

Sourd d'une oreille, Arthur Bloch n'a rien entendu.

Fritz Joss hésite, debout derrière la nuque et la grosse structure du Juif qui tâte encore la vache à vendre, palpe, marmonne tout contre la bête. Comment frapper, sous le chapeau, ou dans le gras de la nuque ? Soudain Fritz Joss sent dans ses côtes le canon du revolver de l'apprenti, Ballotte enfonce l'arme :

— Ordre du Parti. Tue-le. Allez ! Assomme ce porc.

Le colosse Joss lève la barre de fer, l'abat violemment sur la tête du Juif qui s'écroule au sol où il se secoue convulsivement, les yeux retournés, la bave aux lèvres, cependant qu'un cri ininterrompu surgit avec le reste de souffle du gros corps prostré et tremblant. Le chapeau a roulé dans la sciure. Arthur Bloch gémit toujours.

— Il est pas mort, le salaud, chuinte Ballotte, qui approche le canon du revolver du crâne lisse.

Le front est blanc, luisant de sueur. Le gémissement coupé de râles. Ballotte tire. Le corps de Bloch se tasse plus près du sol. Un filet de sang apparaît à la bouche.

– Il est mort, dit Marmier.

– Bon débarras, rigole Ballotte. On attend les ordres du Chef.

IX

Il est onze heures quinze. Dans la touffeur de l'étable, les trois hommes sont couverts de sueur. Le corps de Bloch occupe la courte allée entre les stalles, dans la sciure et la paille le visage est devenu rigide, d'un blanc transparent couleur de bougie, dira l'un des assassins lors de l'instruction. Ballotte se penche sur le cadavre.

– Ça pue, un mort, dit-il sourdement.

– Surtout un Juif, dit Marmier.

– Ce n'est pas tout, dit Ballotte. On nous a commandé de faire *disparaître* un youpin. Alors ce gros corps ? Qu'est-ce qu'on fait de ce tas de suif ?

– On pourrait le dissoudre dans l'acide chlorhydrique, dit Marmier. J'en achète par litres à la droguerie pour mes fosses septiques, ils ne se douteront de rien.

– C'est trop long, tranche Ballotte. Avec le poids du gros lard, il faudrait au moins trois jours.

On ne peut pas se payer le luxe de le laisser se dissoudre. Sale cochon.

C'est à ce moment qu'entre Ischi, suivi de Max, maintenant le groupe est au complet, il est onze heures vingt, les cinq hommes transpirent dans leur blouson de cuir.

— Beau travail, dit Ischi.

Il s'approche du mort, se penche sur le corps, rit, balance un coup de pied au cadavre.

— Heil Hitler !

— Heil Hitler ! répètent les quatre autres qui ont repris du poil de la bête.

— Et maintenant ? demande Ballotte.

— Maintenant on le fait disparaître.

— Acide chlorhydrique ? tente encore Robert Marmier.

— Imbécile ! crie Ischi. Tu sais bien que ce serait trop long. Tu as une hache dans ce local ?

Robert et les autres ont pâli.

— Ou une scie ? poursuit Ischi. Des couteaux de boucherie ?

— J'ai ce qu'il faut, dit Robert dans un souffle.

— Alors au travail, ordonne Ischi. Toi, Fritz, tu es le plus fort. C'est toi qui découperas le cadavre. La tête, les bras, les jambes, et note bien, à couper en deux, les jambes ! Puis tu t'occuperas du tronc. Ça va pas être simple avec ce poids. Regardez cette panse. Le salaud. Tout ça engraissé sur notre dos.

Les quatre hommes écoutent, approuvent, Robert déniche les outils. La hache, une scie solide, un long couteau de boucher.

– Il faut d'abord le déshabiller, dit Ischi. Et se partager son fric. Je vais faire les comptes. La plus grosse part au Parti. Je m'occupe de tout. Les habits, c'est très simple, on les brûlera en forêt. On a repéré un coin avec Max.

– Et le corps, demande Ballotte. Qu'est-ce qu'on fait avec les morceaux ?

– Je m'occupe de tout, répète Ischi. Tous les morceaux du salopard, on va les mettre dans des boilles, qu'on ira noyer à Chevroux[1]. Je connais un pêcheur, dans le port. J'ai déjà prévu de lui emprunter sa plus grosse barque. C'est pour ce soir. A la nuit. A trois cents mètres de la rive on est en paix, ha-ha-ha, les poissons feront le reste.

---

1. La boille est le seau à lait utilisé dans le canton de Vaud. Chevroux, un port à quinze kilomètres de Payerne sur le lac de Neuchâtel.

X

Rue-à-Thomas, dans l'étable des frères Marmier, les assassins se sont mis à leur épouvantable travail. Dévêtu, le corps du mort est tenu à quatre membres, et cisaillé, scié, découpé, les mains d'abord, et les bras, les épaisses jambes, puis la tête qui donne du fil à retordre parce que les fibres cervicales ne veulent pas lâcher et il faut l'arracher à quatre mains du gros tronc.

C'est Fritz Joss qui mène la danse, content de l'affreuse besogne comme d'une espèce de répit. La scie fait un bruit rêche en entamant l'os du Juif, Fritz ne bronche pas, il a la manière, il a travaillé en boucherie comme garçon de plot et débité plusieurs bêtes, homme de confiance chez d'autres patrons. Les dents de la scie attaquent, la lame du couteau de boucher tranche et sépare l'aine, les aisselles, le tour des bras.

Le sang coule abondamment, des esquilles d'os giclent, des lambeaux de chair. Pour couvrir

ces bruits d'étal, Max coupe du bois devant la
porte en sifflotant et ânonnant une chanson de
Fernandel :

Ignace, Ignace
C'est un petit, petit nom charmant [...]
Ignace, Ignace
Il est beau, il me va comme un gant

Il est midi trente. Max va chercher trois boilles,
les dépose dans l'étable en se retenant de vomir.
L'odeur du sang, de la lymphe, des graisses, est
pénible dans la chaleur du local.

– On étouffe ici, crie Ballotte. Dépêche-toi de
finir, Fritz. On commence à en avoir marre de
nous occuper de ce youpin.

Fritz Joss s'active tant qu'il titube. Mais le
tronc résiste. Il faut le retourner dans tous les sens
pour savoir où l'attaquer. Pour finir on décide de
le trancher à la hache dans le sens de la hauteur,
le sternum est déchiré, la colonne et les côtes
craquent, c'est terminé. Un Juif de moins sur le
sol suisse.

En hâte on empile les moignons, la tête et une
moitié du tronc dans le premier récipient, l'autre
moitié avec les bras, les mains dans le deuxième
seau, enfin les jambes dans le troisième. Mais on
a du mal à les replier entièrement et les pieds
sortent du récipient, misérables signaux de

détresse, ils surnageront même dans les eaux basses du lac de Neuchâtel, à la nuit, sous les cris des foulques et des mouettes. Mais qu'est-ce que les deux pieds d'un Juif ? L'ordre de mort est accompli. Le règne vient. Heil Hitler !

XI

Cependant sur la place de la Foire quatre bêtes sont restées attachées à leur barrière sans que personne ne les emmène. Ce sont les bœufs Godel, Brasey, Losey et la génisse de Cherbuin d'Avenches qu'Arthur Bloch a achetés tôt ce matin, et qui meuglent maintenant dans la chaleur devenue lourde. A midi et demi, une première fois, le boucher Charly Bruder est venu voir ce qui se passait, il a reconnu les bêtes et sait qui les a achetées. Où peut bien être Arthur Bloch ? Le boucher Bruder ne s'en fait pas trop, Bloch est allé boire un verre avec un de ses clients, il va revenir d'un moment à l'autre.

A une heure les bêtes meuglent toujours, assommées par le soleil, Charly Bruder décide de les mettre à l'abri.

Mais toujours pas d'Arthur Bloch. A quinze heures, le boucher Bruder et quelques paysans ressortis des cafés décident d'alerter la gendarmerie. « Arthur Bloch ? Ha-ha-ha. Il en aura profité pour faire des galipettes. Dans un hôtel. Ou en forêt. Il va réapparaître, ne vous en faites pas. »

Le soir même, à Berne, Myria Bloch s'angoisse de ne pas voir rentrer son mari. Nerveuse, sensible, tout le jour elle a capté de mauvaises ondes et maintenant elle s'affole. Téléphone à l'une de ses filles à Zurich, appelle un avocat, à Berne, un ami de la famille, membre de la communauté. Il entreprendra des démarches dès le lendemain.

D'abord rappeler la police. La décider. Ensuite engager le détective privé Auguste-Christian Wagnière, à Lausanne, un homme connu pour sa ténacité et son flair. De plus Wagnière a la confiance de la Police cantonale, avec laquelle il lui arrive de travailler, il connaît parfaitement le pays, les va-et-vient du pasteur Lugrin et l'agitation nazie de Payerne. Il suggère à Myria Bloch et à ses filles la publication d'un communiqué dans les deux journaux locaux, *Le Démocrate* et le *Journal de Payerne*, avec des photographies d'Arthur Bloch et la promesse d'une récompense à qui donnera des renseignements.

Cependant le temps presse pour le chef Ischi. Dès le 16 au soir, le corps dépecé du Juif Bloch est immergé au large de Chevroux, on est tranquilles, il n'en reviendra pas. Maintenant il faut liquider les vêtements. Et faire le partage. Le portefeuille ? Il contient cinq mille francs suisses, une très grosse somme pour l'époque. Ischi les distribue comme suit : quatre mille francs pour le Parti. Un peu plus de quatre cents francs pour lui-même. Le reste réparti entre Ballotte et les Marmier. Fritz Joss, le valet à la barre de fer et aux lames de boucherie, ne touchera que vingt francs.

Ensuite le complet, le gilet, le linge de corps, on les brûlera à Neyrvaux, dans une caverne de la forêt. La Grotte aux chauves-souris. C'est près de Vers-chez-Savary, un hameau perdu, Fernand Ischi et sa bande l'ont souvent choisi pour repaire. Max Marmier prend place sur le siège arrière de la moto avec les vêtements et quelques objets, on fonce tous feux éteints vers la forêt. Là les vêtements, le chapeau, la canne et même le Sonotone sont jetés en vrac sur le sol noir, on les allume au briquet mais la caverne est humide, le feu brûle mal, les habits ne se consument pas. Qu'à cela ne tienne. Il ne faut pas se faire attraper. Déjà l'autre soir, quand on est venus repérer l'endroit, ces deux gamins qui nous ont vus... On leur fera leur affaire, s'il le faut. En attendant on ne traîne pas. Un peu de terre sur le tout, quelques cailloux, des feuilles mortes remuées, personne ne viendra fouiller par là. Le chef Ischi et Max Marmier enfourchent la moto et retrouvent Payerne dans la nuit bleue de l'obscurcissement.

XII

Tard cette nuit-là, Fernand Ischi rejoint la jeune Annah dans la petite chambre qu'elle loue rue des Granges, il la caresse, la fouette et la fait crier jusqu'à l'aube.

Vendredi 17, samedi 18, dimanche 19 avril, aucune nouvelle d'Arthur Bloch. Mais les bruits les plus divers, les plaisanteries louches, insinuations et ragots, circulent dans les cafés de Payerne. La fille aînée d'Arthur Bloch vient soutenir sa mère à Berne. La cadette annonce sa venue. Myria n'a rien mangé depuis jeudi, elle subsiste grâce aux piqûres de son médecin.

Le lundi 20 avril, à Berlin, Wilhelm Furtwängler dirige la *Neuvième Symphonie* de Beethoven pour l'anniversaire d'Adolf Hitler. En présence des dirigeants du régime nazi, des familles des dignitaires, des représentants de l'industrie et du corps diplomatique, le Führer fête ses cinquante-trois ans.

Josef Goebbels, ministre de la Propagande du Reich, célèbre le radieux événement.

Le mardi 21 et le mercredi 22 paraît le communiqué de la famille Bloch, d'abord dans le *Journal de Payerne*, le lendemain dans *Le Démocrate*.

DISPARITION

On signale la disparition de M. Arthur BLOCH, né en 1882, domicilié à Berne, marchand de bétail, qui a été vu pour la dernière fois sur le champ de foire à Payerne, le jeudi 16 avril 1942.

Signalement : taille 170 cm environ, assez corpulent, tout rasé, portait à l'oreille un petit appareil électrique Sonotone contre la surdité, manteau gris beige, chapeau gris, avec probablement une canne.

Toute personne susceptible de fournir des renseignements ou indications quelconques est invitée à les communiquer immédiatement au Juge informateur de l'arrondissement de Payerne-Avenches.

Une prime de mille francs est offerte par la famille à la personne qui fournira des renseignements permettant de découvrir l'intéressé ou d'établir avec certitude les circonstances dans lesquelles il a disparu.

Le communiqué est flanqué de deux photographies très lisibles d'Arthur Bloch, à gauche en complet-veston et chemise blanche, mouchoir de soie blanche à la pochette, sur un fond étrangement noir qui le campe déjà dans l'au-delà. A droite le chapeau enfoncé sur les sourcils, on dirait un aviateur au visage lourd ou un banquier américain dans un film muet des années 20.

Plusieurs personnes se manifestent les jours qui viennent. Quelqu'un a vu Arthur Bloch dans le train de Berne, même corpulence, même vêtement, mais le disparu était blond. Bloch se serait-il teint les cheveux ? Un autre le confond avec un M. Braun, un marchand de bétail bâlois qui est descendu à l'Hôtel des Alpes, à Payerne, mais M. Braun n'est pas juif. Un autre avec un M. Dreyfus, logé aux Alpes lui aussi. D'autres l'ont surpris au bois de Boulex avec une femme. D'autres à l'Hôtel de la Gare avec la même. Le témoignage le plus probant est celui de deux gamins du hameau de Vers-chez-Savary, dans une caverne abandonnée ils ont trouvé des habits foncés, un chapeau, une canne et un Sonotone, mélancolique inventaire. Il semble que ce soient les mêmes enfants qui ont surpris Fernand Ischi et Max Marmier dans leur repérage quelques jours plus tôt.

Les recherches sont enfin sérieuses. Wagnière agite son monde. A Payerne où la Police de sûreté a envoyé des enquêteurs, les langues se sont déliées, rumeurs et soupçons se précisent. Les nazis sont les assassins. La Cinquième Colonne. L'étau se resserre. Maintenant plus de doute. C'est le gauleiter du garage.

Mais curieusement, au lieu que l'horreur de la disparition, ou l'angoisse qu'elle diffuse, éveillent la compassion ou la tristesse, un ricanement secoue encore les cafés, ironie sale, propos appuyés sur la « juiverie », le « profit », les commerces « parasites ». Des numéros de *Gringoire* et de *Je suis partout* continuent à circuler parmi les notables. Jamais, depuis l'avènement de Hitler et les persécutions de la Nuit de cristal, on n'a perçu un tel sentiment de haine à l'endroit des Israélites. Et ceux-là mêmes, au procès, qui conspueront Fernand Ischi et sa bande, se gaussent encore des youpins et de leurs ancestrales terreurs. Un marchand de bétail a disparu ? Renversement de situation intéressant, pense-t-on généralement à Payerne, où l'on attend en ricanant la suite des événements.

XIII

Vendredi 24 avril, huit heures du matin, temps léger sur Payerne, air frais, appels et chants d'oiseaux dans les lilas et les tilleuls déjà en fleurs.

Route de Corcelles, depuis l'aube, une escouade de gendarmerie et deux policiers de Payerne attendent Fernand Ischi au pont de la Riollaz qui enjambe la voie du chemin de fer entre les entre-pôts rouillés, les ateliers désaffectés, les locaux de la bière Beauregard. Plus au nord, par les campagnes, les rails nostalgiques des trains dont les locomotives jettent leur fumée en nuages noirs. Ischi va sortir de chez lui, un peu plus haut dans la rue, il est ponctuel, élégant, cambré, il s'avance d'un pas vif en direction des gendarmes. Et il est sans doute armé. La police fait les sommations. Ischi n'oppose aucune résistance. Il est écroué aux salles d'arrêt de la prison municipale.

On le fouille. Sur lui on trouve une arme à feu, l'inséparable Walther 7.65, et des clefs, plusieurs passeports, une carte d'identité, treize tickets d'alimentation, un paquet entamé de cigarettes Laurens rouge, cinq caramels Disch, un billet de la loterie romande, deux lettres oblitérées à Berne et deux fascicules de propagande hitlérienne.

Visage rasé de très près, cheveux coupés court, oreilles décollées poussées vers l'avant. Pantalon et veston à la mode, très cintré, en laine peignée gris-vert, une martingale dans le dos pour donner l'allure militaire. Chaussures lacées de style sportif, cuir clair et larges semelles de crêpe. Un chapeau tyrolien en feutre vert porté en arrière lui donne ce matin-là le curieux air d'un gardien ou d'un livreur du Berghof ou de Berchtesgaden. Et une tenace odeur d'eau de Cologne. Oui, il est antisémite et il ne s'en est jamais caché. Oui, il a pensé que liquider un Juif suisse serait un exemple éclatant. Et puis allez vous faire foutre avec votre police et vos lois. De toute façon l'Allemagne nous tirera de là dans les semaines qui viennent. Vous croyez que la Légation va nous laisser humilier ? La mort de Bloch, il l'a apprise par les journaux. Mais c'est lui le chef, c'est bien lui, Fernand Ischi, chef du Parti, gauleiter, qui a donné l'ordre aux frères Marmier d'amener le Juif Rue-à-Thomas et de le tuer sur place. Il ne sait rien du découpage de la carcasse. Mais s'ils l'ont fait, ils ont eu raison. Ce gros porc ! Pas de pitié. Il ne dit rien de Georges Ballotte et de Fritz

Joss. La carcasse débitée du Juif est immergée dans le lac de Neuchâtel.

Au début de l'après-midi deux policiers haut gradés, les commandants Jaques et Jaquillard, gagnent Chevroux en voiture, escortés d'une escouade de gendarmerie à motocyclette. Il fait une lumière idyllique sur la rive printanière. Deux des sinistres boilles reposent par quatre mètres de fond. De la troisième, qui flotte à demi immergée, sortent des pieds d'homme autour desquels crient les mouettes. Avec les jambes on trouve la moitié du tronc tranché à la verticale et les intestins, les poumons, le cœur. Ces Messieurs de la police donnent l'ordre d'emporter les trois récipients à l'Hôpital de Payerne.

XIV

L'arrestation des conjurés a lieu dans les trente heures qui viennent. Les deux gamins de Vers-chez-Savary ont reconnu les motocyclistes de la Grotte aux chauves-souris. Fritz Joss est arrêté à la ferme de la Grosse Pierre, tout près de l'aérodrome militaire, dans la propriété des parents Marmier. Les frères Marmier sont confondus dans leurs repaires de la Grosse Pierre et de la Rue-à-Thomas. Ballotte est pris chez ses parents, mère lessiveuse, père manutentionnaire à l'arsenal.

Devant la salle d'arrêt maintenant étroitement gardée, la même foule qui assistait goguenarde aux recherches, basses allusions et histoires, insulte à cette heure les prévenus et crie à la plus haute peine. Le dépeçage du corps et sa station dans l'eau de Chevroux ont impressionné les imaginations et fait parler la stupeur. Une réprobation mimétique secoue cette ville de bouchers et de charcutiers. Aux devantures des marchands de viande, la population apeurée a un spasme d'attrait et de rejet qui aggrave l'émotion, et comme une sorte de culpabilité collective qui rôdera très longtemps dans la mauvaise conscience de Payerne. L'emblème du bourg, le cochon réjoui et redondant qui rit de tout son groin et exhibe son ventre rose, cette marque même devient obscène, cynique, vicieuse de rappeler une autre viande, et celle-là sacrifiée et honnie pour une cause sale. Il n'est pas jusqu'à la Loi juive, à l'interdit absolu de la viande de porc, qui ne se rappelle en creux, et dans une cruelle symétrie des contraires, chaque fois qu'est évoquée la sauvagerie du martyre d'Arthur Bloch. « On a tué ce Juif et on l'a débité exactement comme un cochon à l'abattoir de la ferme. » Dans sa culpabilité, Payerne oppose et amalgame l'exemple juif et la cochonnaille, le Mur des lamentations et les tranchoirs du laboratoire porcin. O Jérémie, prophète sombre, tu avais dit le scandale : « L'Eternel a été pour moi comme un ours en embuscade, comme un lion aux aguets. Il m'a emporté loin du chemin pour me déchirer. Il m'a laissé dans l'abandon[1]. »

1. Lamentations 3,10-11.

XV

Qu'est-ce que l'horreur ? Quand Jankélévitch déclare imprescriptible tout le crime de la Shoah, il m'interdit d'en parler hors de cet arrêt. L'imprescriptible. Ce qui ne se pardonne pas. Ce qui ne sera jamais payé. Ni oublié. Ni prescrit. Aucun rachat d'aucune espèce. Le mal absolu, à jamais sans transaction.

Je raconte une histoire immonde et j'ai honte d'en écrire le moindre mot. J'ai honte de rapporter un discours, des mots, un ton, des actes qui ne sont pas les miens mais qui le deviennent sans que je le veuille par l'écriture. Car Vladimir Jankélévitch dit aussi que la complicité est rusée, et que rapporter le moindre propos d'antisémitisme, ou d'en tirer le rire, la caricature ou quelque exploitation esthétique est déjà, en soi, une entreprise intolérable. Il a raison. Mais je n'ai pas tort, né à Payerne, où j'ai vécu mon enfance, de sonder des circonstances qui n'ont pas cessé d'empoisonner ma mémoire et de m'entretenir, depuis tout ce temps, dans un déraisonnable sentiment de faute.

J'avais huit ans quand ces choses ont eu lieu. Au collège, j'étais assis à côté de la fille aînée de Fernand Ischi. Le fils du chef de poste de gendarmerie qui a arrêté Ischi était élève de cette même classe. Et le fils du juge Caprez, qui présidera le procès des assassins d'Arthur Bloch. Mon père dirigeait le collège secondaire et les écoles de Payerne, il a eu Ballotte comme élève, à ce titre il a été entendu comme témoin lors de l'instruction du procès. Il présidait le Cercle de la Reine Berthe, un club démocratique vivement anti-nazi, il était sur la liste des prochaines victimes de la bande du garage, après Jean Bladt et ses enfants. A la maison, en classe, à la récréation, dans les magasins, dans la rue, des propos lourds entretenaient l'inquiétude. Je me souviens des hymnes nazis, des vociférations de Hitler, des fanfares de la Wehrmacht que les haut-parleurs et toutes les voitures du garage diffusaient sur la place de la Foire, à midi, à la sortie de l'école, par-dessus les cloches des églises.

Samedi 25 avril 1942. Les cinq prévenus ont été enfermés tôt à l'aube à la prison préventive du Bois-Mermet, à Lausanne, l'instruction peut commencer. Le procès est fixé à moins de dix mois, il débutera au Tribunal de Payerne, le 15 février 1943. Durée : cinq jours. Présidence :

Marcel Caprez. Les prévenus, dont les avocats, l'un de Genève, particulièrement arrogant, sont payés par la Légation d'Allemagne, entreront dans des détails sordides. Confrontés aux instruments de la boucherie et aux photographies des morceaux de la victime ils ne bronchent pas, ne s'émeuvent pas, parlent avec une précision lente, stupide, égarée, de leurs motifs et de leurs actes. Haine épaisse des Juifs. Intelligence platement hallucinée. Confiance absolue dans l'Allemagne, bientôt victorieuse de la Suisse, le canton de Vaud devient Province du Nord et Fernand Ischi son préfet. Gauleiter ! corrige Ischi en se cambrant. Il ressort de toutes les audiences que l'exemple est voulu, prémédité, revendiqué. Fernand Ischi, à plusieurs reprises : l'Allemagne nous tirera de ce mauvais pas. A vous tous, sous peu, de payer.

Les cinq condamnations sont lourdes. Toutes peines de pénitencier.

Condamnation à vie pour Fernand Ischi, chef de la bande et instigateur du crime.

Condamnation à vie pour Robert Marmier et Fritz Joss.

Vingt ans de pénitencier pour Georges Ballotte, mineur – il avait dix-neuf ans –, au moment des faits.

Quinze ans seulement pour Max Marmier, dont la responsabilité est jugée moindre dans l'affaire.

Dès qu'il a vu l'étau se resserrer, le pasteur Philippe Lugrin s'est enfui en Allemagne grâce aux services diplomatiques du Reich. Il y passera trois ans dans différents bureaux de traduction et d'espionnage et sera arrêté à Francfort, en 1945, par l'Armée américaine qui le condamne à quinze ans de prison mais le livre à la Suisse. L'obsédé théologien antisémite sera jugé au tribunal de Moudon, en 1947, et condamné à vingt ans d'internement pénitentiaire. Il en purgera les deux tiers et en ressortira plus vif encore et virulent dans sa haine compacte. Un jour de l'été 1964, comme je le reconnais à une table du café du Vieux-Lausanne, je choisis contre toute décence de m'asseoir en face de lui et je le dévisage avec une extraordinaire curiosité. Je ne peux pas me tromper. Je n'ai vu de lui que des photographies mais c'est bien lui, l'effrayant Lugrin, assis seul à quelques centimètres de moi, je le fixe, il me fixe de l'œil prudent et arrogant de l'homme rapide à la riposte et à la fuite. Très bleu, l'œil. Angélique. Le visage intact de la prison. Le front haut. Le nez étroit et allongé. De petites lunettes rondes cerclées de métal autour de l'œil bleu étincelant qui continue à me fixer. De toute la personne, alarme et repli, méchanceté, un maintien glacial sur l'ardeur violemment contenue. Homme de Dieu ? Homme du diable. Le démon a brouillé les repères, détourné les finalités, envahi et dévoyé les derniers feux de cette âme morte.

– Vous êtes le pasteur Lugrin, dis-je.

Il a esquissé un mouvement de retrait puis s'est cabré pour répondre.

– Philippe Lugrin. Et alors ?

Voix tranchante, œil durci, maintenant il baisse la tête comme pour foncer, je vois mieux le front buté et lisse, les cheveux collés, ou ce qui en reste, à la brillantine bleuâtre. Halo de cette tête presque phosphorescente dans la pénombre du café.

– Alors rien. J'avais envie de voir de près le pasteur responsable de l'assassinat d'Arthur Bloch.

– Vous croyez m'intimider, mon petit monsieur, avec de l'histoire ancienne !

Il éructe. Prêt à la suite. Et attaque :

– Vous croyez me faire honte avec l'histoire de ce Juif ? Je n'ai qu'un regret, notez-le bien. C'est de n'en avoir pas désigné d'autres à l'attention de mes amis. De mes amis, vous entendez !

Il s'est dressé sur sa chaise, le cou haut, la voix coupante.

Je n'attendais rien de la rencontre, le hasard seul m'a mis en présence de ce fou. Je prends place à une autre table sans détacher mes yeux du personnage qui commence à agir sur moi comme un aimant malfaisant. Et tout à coup je le sais : il y a une perversion absolue, salement pure, incandescente sur ses ruines, qui relève de la damnation. L'homme abominablement verrouillé qui poursuit son rêve absurde à deux pas de moi ne dépend plus d'aucune instance humaine, il dépend de Dieu.

A cet instant une phrase de Jankélévitch me revient à la mémoire : « La responsabilité inouïe qui est la nôtre, d'avoir une âme qui nous survit dans l'éternité. »

Quelle survivance pour celle du personnage rencontré là ? Un nain calme et violent, petites lunettes étincelantes, crispé de toute origine sur la détestation de la créature.

Je suis sorti du café en m'étonnant et songeant à Payerne où je suis né, où j'ai passé mon enfance, et à Ischi, à ses partisans, à Lugrin que j'abandonne à sa fureur. Mais j'ai vu Lugrin, c'est un spectacle qui salit, je dois faire un effort pour le remettre à sa mauvaise place. Et tout au long de ma balade, comme je m'exerce à le perdre de vue, me reviennent des mots autrement graves : « – Connais-tu cet homme ? – Non, je ne le connais pas. Je ne l'ai jamais vu. – Réfléchis. Tu es sûr de ne pas connaître cet homme ? – Non, je ne le connais pas. »

Comme si, déjà, la hantise de le retrouver me poignait et angoissait.

XVI

Lundi 27 avril 1942, huit heures du matin, cimetière israélite de Berne. Les restes d'Arthur Bloch vont être inhumés dans une petite allée nue, à une vingtaine de mètres de la tombe de son père. Toute la communauté est présente. De Bâle, de Zurich, de Fribourg, de Vevey, de Lausanne, de Genève, d'Yverdon, d'Avenches et de Payerne sont venus les membres connus et inconnus, souvent des amis, parfois des cousins, des parents éloignés qui veulent entourer Myria Bloch et ses filles. Et se rencontrer, resserrer leurs liens dans la tristesse et la crainte. A huit heures et demie, quand le rabbin Messinger prend la parole, l'étroit cimetière est bondé sous le vent de l'Aar et les appels des mésanges qui sautillent dans les branches des petits ormes et des cèdres. Il fait beau, il fait frais, la rivière Aar envoie son air... Le rabbin Messinger rappelle la bonté d'Arthur Bloch. Son attachement aux siens. L'humanité qui émanait de ses gestes et de ses propos. Et qu'il avait été soldat suisse. Son refus de quitter ce pays, de suivre aux Etats-Unis une partie de sa famille qui émigrait au début de la guerre. C'était un juste, dit le rabbin. Et c'est ce juste, comme aux temps les plus anciens, qui a été sacrifié.

Le discours de Georges Brunschwig est plus explicite. Il dénonce la plaie raciste et fait de l'assassinat d'Arthur Bloch un crime historique et politique. Président de la communauté israélite de Berne, Georges Brunschwig a vécu son enfance dans la région de Payerne, il est lui-même le fils d'un marchand de bétail d'Avenches. Il sait de quoi il parle en stigmatisant la persécution.

Mais il se passe à ce moment-là un phénomène très étrange. A mesure que parle Brunschwig, montrant la guerre, les progrès des armées de Hitler et les menaces d'extermination des Juifs de toute l'Europe, on dirait que le petit cimetière où montent ces mots s'isole et s'éloigne un instant dans un passé de quatre mille ans, séparé de l'horreur et baigné dans une lumière fraîche, musicienne, qui allège et emporte la scène tragique. Et lorsque est récité le Kaddisch d'une voix intense et sonore, c'est comme si la voix parlée des hommes était relayée en Dieu, témoin de ces nouvelles épreuves et de cette halte dans le monde barbare. Dieu seul qui guidera, cette fois encore, son peuple dans l'atroce désert.

Petit cimetière israélite de Berne, îlot de terre ancestrale ce matin-là, un bref répit coupé du monde où s'instaure dans le sang le règne aryen. Etroit espace de terre gorgée de foi ancestrale, foi menacée, blessée et revivifiée aux mots du Kaddisch qu'on récite pour Arthur Bloch et les cœurs saignent, et l'injustice accable nos familles d'Alsace, de Hongrie, de Pologne, et on tue, on mutile, on dépèce l'un des nôtres à quarante kilomètres de ce saint lieu, ô sort déplorable de notre peuple, destin dur. Ce matin-là dans le cimetière israélite de la ville de Berne, très près, très loin de l'Europe d'Adolf Hitler, le corps martyrisé d'Arthur Bloch diffuse à la fois force et panique dans l'esprit de toute l'assistance autour de la fosse refermée.

L'an suivant, Myria Bloch fait poser une dalle sur la tombe. Contre l'habitude de la communauté bernoise et contre l'avis du rabbin Messinger, elle fait graver une devise dans le grès froid :

GOTT WEISS WARUM
Dieu sait pourquoi

Ce qui dit ironiquement sa confiance et sa défiance dans les décisions du Très-Haut. Et que l'obscurité domine. Et que toute compréhension humaine, accepter, savoir, reconnaître, est à jamais impossible.

Myria Bloch mourra cinq ans après l'assassinat de son époux, et sera inhumée avec lui. Patronyme gravé sur la dalle, avec ses dates, et Dreyfus, son nom de jeune fille. Morte de tristesse. Et d'absolu désespoir. Myria Bloch a perdu la tête. Absence, démence. Rien n'est explicable, plus rien jamais n'est ouvert à qui a reconnu une fois pour toutes l'injustice faite à une âme. Hors de toute raison. Et de toute fin. Myria Bloch meurt folle, mais de chagrin. Et ce chagrin, c'est le verrou. L'imprescriptible de Jankélévitch. Je réfléchis sur cette injustice millénaire, et sur l'exemple d'Arthur Bloch. Je me heurte au même verrou. Un refus opaque au fond du vide, sur quoi Dieu se tait, ou sait, décide, et la hache des méchants, le feu des fours, nous condamnent à nuit et à cendre.

Mais il se passe, là encore, un autre phénomène étrange. Car il arrive que le vieil écrivain qui a assisté à cette histoire quand il était jeune garçon, parfois se réveille en pleine nuit hantée et blessée. Et croit alors qu'il est l'enfant qu'il fut autrefois, et qui questionnait les siens. Il demandait où était l'homme qu'on avait assassiné et coupé en morceaux près de chez lui. Il demandait s'il reviendrait. Et quel accueil on lui ferait.

– Est-il vrai ce soir qu'il erre ?

– Tu veux parler d'Arthur Bloch, lui répondait-on très bas. Arthur Bloch, on n'en parle pas.

Arthur Bloch, c'était avant. Histoire ancienne. Histoire morte.

Mais une voix ne se tait pas dans le songe du vieil homme-enfant.

– Donc c'est avant ? Et c'est maintenant ?

Arthur Bloch, le Juif errant, parce qu'il n'a pas de repos sous la dalle du *Gott weiss warum*. A cette heure Arthur Bloch qui sait, du Dieu absolu qui sait, alors que nous ne savons pas. Arthur Bloch du verrou noir sous la neige. Ou sous la cendre du temps. Par l'injure, le mépris, les chambres à gaz, la croix gammée, la désolation des collines d'Auschwitz et de Payerne, la honte nazie à Treblinka et dans les bourgs porcins de la Broye. Tout est plaie. Tout est Golgotha. Et la rédemption est si loin. Mais y a-t-il une résurrection ? Pitié, Dieu, par la rose du ventre ouvert. Pitié par la couronne d'épines et les barbelés des camps. Aie pitié, Seigneur, de nos crimes. Seigneur, aie pitié de nous.

Jacques Chessex
dans Le Livre de Poche

Avant le matin   n° 31603

Peut-il y avoir un plus grand péché qu'aimer une sainte
d'amour charnel ? Le narrateur croise le chemin d'Aloysia
Pia Canisia Piller, dite Canisia, à Fribourg. Il la suit dans
la cité médiévale et catholique où il surprend les secrètes
amours de l'abbesse avec les rebuts de l'humanité…

Le Dernier Crâne de M. de Sade   n° 32029

Qui est cet homme de soixante-quatorze ans enfermé à
l'hospice de Charenton, au printemps 1814, qui a com-
mis tant de crimes et semble ne se repentir en rien ?
Fuyard, brûlé en effigie, embastillé, sodomite, blas-
phémateur, soupçonné d'inceste, et pourtant encore là,
bouillant d'idées et d'ulcères, désireux de poursuivre
l'œuvre de chair. Cet homme se nomme Donatien-Al-
phonse de Sade. Il meurt en décembre 1814. En 1818, sa
tombe est ouverte, et son crâne passe dans les mains du
docteur Ramon, le jeune médecin qui le veilla jusqu'à la
mort. Relique, rire jeté à la face de toutes choses, effroi
érotique, le crâne de M. de Sade roule d'un siècle à
l'autre, incendiant, révélant et occupant le narrateur de
ce roman. *Le Dernier Crâne de M. de Sade* a obtenu le
prix Sade 2010 à l'unanimité du jury.

L'Interrogatoire

Le 9 octobre 2009, Jacques Chessex succombe à une crise cardiaque. Il vient de terminer *L'Interrogatoire*, qu'il destine à la publication. Littérature, sexe, jalousie, religion, mort… sous la forme d'une interview imaginaire, l'auteur se livre à un examen de conscience et nous offre un autoportrait sans complaisance. « Je ne me moque ni de mourir, ni de la mort, ni de ma poussière de mort […]. Quelque chose en moi, qui parle de retour, me donne irrésistiblement la force de remonter de la poudre où je serai diffus […], je vous l'avais dit : "Je reviendrai." »

Les Têtes

Ce ne sont pas exactement des *Portraits*, mais des visages taillés, comme issus des cavernes du fond des âges, que Jacques Chessex nous donne ici à toucher. Il y en a de célèbres : François Nourissier, Robbe-Grillet, Jean Paulhan, Yves Berger… Il y en a d'anonymes. Il y a celui de l'auteur aussi, qui s'observe singulièrement. Jacques Chessex invente ici, non sans humour, un genre nouveau : la galerie de têtes.

Le Vampire de Ropraz

En 1903 à Ropraz, dans le Haut-Jorat vaudois, la fille du juge de paix meurt à vingt ans d'une méningite. Un matin, on trouve le cercueil ouvert, le corps de la virginale Rosa profané, les membres en partie dévorés. Stupéfaction des villages alentour, retour des superstitions, hantise du vampirisme.

Du même auteur :

Aux Éditions Bernard Grasset

CARABAS, *récit*, 1971.

L'OGRE, *roman*, Prix Goncourt 1973 (Les Cahiers Rouges).

L'ARDENT ROYAUME, *roman*, 1975 (Le Livre de Poche).

LE SÉJOUR DES MORTS, *nouvelles*, 1977.

LES YEUX JAUNES, *roman*, 1979 (Le Livre de Poche).

OÙ VONT MOURIR LES OISEAUX, *nouvelles*, 1980.

JUDAS LE TRANSPARENT, *roman*, 1982 (Le Livre de Poche).

LE CALVINISTE, *poèmes*, 1983.

JONAS, *roman*, 1987 (Le Livre de Poche).

COMME L'OS, *poèmes*, 1988.

MORGANE MADRIGAL, *roman*, 1990 (Le Livre de Poche).

FLAUBERT OU LE DÉSERT EN ABÎME, *essai*, 1991.

LA TRINITÉ, *roman*, 1992 (Le Livre de Poche).

LE RÊVE DE VOLTAIRE, *récit*, 1995 (Le Livre de Poche).

LA MORT D'UN JUSTE, *roman,* 1996.

L'IMITATION, *roman*, 1998 (Le Livre de Poche).

INCARNATA, *récit*, 1999.

SOSIE D'UN SAINT, *nouvelles*, 2000 (Le Livre de Poche).

MONSIEUR, 2001 (Le Livre de Poche).

LE DÉSIR DE LA NEIGE, *poèmes*, 2002.

LES TÊTES, 2003.

L'ÉCONOMIE DU CIEL, *roman*, 2003 (Le Livre de Poche).

L'ÉTERNEL SENTIT UNE ODEUR AGRÉABLE, *roman*,
     2004 (Le Livre de Poche).

ALLEGRIA, *poèmes*, 2005.

LE DÉSIR DE DIEU, 2005.

AVANT LE MATIN, *roman*, 2006 (Le Livre de Poche).

LE VAMPIRE DE ROPRAZ, *roman*, 2007 (Le Livre de
     Poche).

PARDON MÈRE, *récit*, 2008.

REVANCHE DES PURS, *poèmes*, 2008.

UN JUIF POUR L'EXEMPLE, 2009 (Le Livre de Poche).

LE DERNIER CRÂNE DE M. DE SADE, *roman*, 2010
     (Le Livre de Poche).

L'INTERROGATOIRE, 2011 (Le Livre de Poche).

Chez d'autres éditeurs

LA TÊTE OUVERTE, GALLIMARD, 1962.

CHARLES-ALBERT CINGRIA, Seghers, 1967, et Poche
     Suisse, 2008.

ENTRETIENS AVEC JÉRÔME GARCIN, La Différence,
     1979.

LA MUERTE Y LA NADA, Avec Antonio Saura, Pierre
     Canova, 1990.

L'IMPARFAIT, Campiche, 1996.

BAZAINE, Skira, 1996.

LA CONFESSION DU PASTEUR BURG, Bourgois, 1997.

POÉSIE, I, II, III, Campiche, 1997.

FIGURES DE LA MÉTAMORPHOSE, La Bibliothèque des arts, 1999.

LE DERNIER DES MONSTRES (Saura), Cuadernos del Hocinoco, 2000.

NOTES SUR SAURA, Cuadernos del Hocinoco, 2001.

DE L'ENCRE ET DU PAPIER, La Bibliothèque des arts, 2001.

UNE CHOUETTE VUE À L'AUBE, avec Pietro Sarto, Chabloz, 2001.

TRANSCENDANCE ET TRANSGRESSION, La Bibliothèque des arts, 2002.

LES DANGERS DE JEAN LECOULTRE, Cuadernos del Hocinoco, 2002.

L'ADORATION, avec Pietro Sarto, Chabloz, 2003.

DOUZE POÈMES POUR UN COCHON, avec Jean Lecoultre, Chabloz, 2003.

THOMAS FOUGEIROL, Operae, 2004.

JAVIER PAGOLA, Cuadernos del Hocinoco, 2004.

PORTRAIT DES VAUDOIS, L'Aire bleue, 2004.

ECRITS SUR RAMUZ, L'Aire bleue, 2005.

CE QUE JE DOIS À FRIBOURG, Bibliothèque Cantonale et Universitaire, Fribourg, 2005.

DANS LA PEINTURE DE SARTO, Chabloz et Atelier de Saint-Prex, 2008.

LE SIMPLE PRÉSERVE L'ÉNIGME, Gallimard, 2008.

Le Livre de Poche s'engage pour
l'environnement en réduisant
l'empreinte carbone de ses livres.
Celle de cet exemplaire est de :

200 g éq. CO$_2$
Rendez-vous sur
www.livredepoche-durable.fr

PAPIER À BASE DE
FIBRES CERTIFIÉES

Composition réalisée par IGS-CP

Achevé d'imprimer en avril 2014 en Espagne par
Black Print CPI Iberica, S.L.
Sant Andreu de la Barca (08740)
Dépôt légal 1re publication : septembre 2010
Édition 03 – avril 2014
LIBRAIRIE GÉNÉRALE FRANÇAISE – 31, rue de Fleurus – 75278 Paris Cedex 06